अंतस

अंतस

डॉ. यशिका

प्रभात
प्रकाशन

प्रकाशक
प्रभात प्रकाशन प्रा. लि.
4/19 आसफ अली रोड, नई दिल्ली–110002
फोन : 011–23289777 • हेल्पलाइन नं. : 7827007777
इ–मेल : prabhatbooks@gmail.com ❖ वेब ठिकाना : www.prabhatbooks.com

संस्करण
प्रथम, 2023

ANTAS
Poems by Dr. Yashika

Published by **PRABHAT PRAKASHAN PVT. LTD.**
4/19 Asaf Ali Road, New Delhi-110002

ISBN 978-93-5562-054-5

संदेश

संवेदना जब पलटकर यादों की गली में प्रवेश करती है तो उसे वहाँ आँखों की नमी भी मिलती है और होंठों की मुसकान भी! यही नमी और मुसकान किसी संबध की उपलब्धि है।

डॉ. यशिका ने संबंधों की इन उपलब्धियों को बड़ी खूबसूरती के साथ शब्दों में ढाला है।

'अंतस' की रचनाओं से गुजरते हुए मुझे अनेक स्थानों पर 'आपबीती' जैसा एहसास हुआ है। यह एहसास किसी कवि की सफलता का मानक है।

आप भी इन कविताओं को अपनत्व के एहसास के साथ पढ़ेंगे तो आपको इनकी भावभूमि के दर्शन होंगे।

कवयित्री को इस संग्रह के प्रकाशन पर मन भर बधाई!

—अरुण जैमिनी

संदेश

अंतस से निःसृत हैं डॉ. यशिका की रचनाएँ। यथा नाम तथा गुण तथा रूप हैं यशिकाजी। निस्संदेह देह से परे प्रेम करने वाली यशिका अपनी वियोगावस्था में आत्यंतिक प्रेम की अनुभूति करती हैं, वियोग प्रेम की कसौटी है, ये सिद्ध करती हैं यशिका की वियोगिनी अवस्था में सृजित कविताएँ। बहुत अच्छा हुआ कि वियोग ने ऐसा संयोग बनाया कि वे सिद्धहस्त श्रृंगार की कवयित्री बन गईं। ऐसा प्रेम-काव्य पति के लिए लिखना कितना आनंद देता होगा पति को, अनुमान लगाना मुश्किल है। मैं ऐसा प्रेम करने वाले दंपती को हृदय से शुभकामनाएँ देती हूँ कि सदा-सदा वे एक-दूजे से ऐसा ही प्रेम करें, जो समाज के लिए भी पथ-प्रदर्शित करे, जीवन में प्रदर्शन नहीं सत्य प्रेम का दर्शन हो। अंतस प्रेम का एक अनुपम व अनुभूति की चरम अवस्था में लिखा गया काव्य है, जो निस्संदेह पाठकों को आनंद देगा। मेरी शुभकामनाएँ शुभाशीष।

—मधुमोहनी उपाध्याय

नोएडा (उ.प्र.)

अंतस : एक सटीक अभिव्यक्ति

मन, मस्तिष्क और दिल के इर्द-गिर्द ही हम सबका जीवन बचपन से ही घूमने लगता है और संभवत: अंतिम क्षणों तक घूमते ही रहता है। हमारी समस्त भावनाओं पर बस इन्हीं का शासन चलता है, शायद हमारा बिल्कुल भी नहीं।

और बस, मन में उमड़ती-घुमड़ती समस्त भावनाएँ, मस्तिष्क और दिल के बीच फँसकर रह जाती हैं। कभी मस्तिष्क जीत जाता है तो कभी दिल। कवि केवल दिल की ही सुन पाता है, तभी वह कवि हो पाता है और काव्य-सृजन कर पाता है।

यशिकाजी की प्रत्येक कविता जो इस काव्य-संग्रह 'अंतस' में लिखी गई हैं वह स्पष्टत: उनके दिल की वे सभी भावनाएँ हैं, जो उनके मन में उठी होंगी और उनके दिल ने उन्हें सहर्ष स्वीकारा होगा जो कविताओं के रूप में आज हमारे सामने इस पुस्तक रूप में है।

एक सफल गृहणी, न्यायधीश और कवि हृदय होने और सभी स्थितियों में स्वयं के साथ भी न्याय करना कोई सीखे तो डॉ. यशिका से।

कैसे लिख पाती हैं और वह भी इतनी मार्मिक और प्रभावित करने

वाली कविताएँ? वास्तव में आज के सोशल मीडिया के जमाने में फॉर्वर्डेड मेसेजों की ही इतनी भरमार है कि मूल लेखन करना और वह भी इतना प्रभावी और न्याय-प्रणाली से जुड़े रहने के बावजूद कितना मुश्किल है मैं समझ सकती हूँ।

यशिका जो की कविताओं में मानवता के विभिन्न पहलू हैं, प्रेम की अनुभूति हैं और व्यक्तिगत भावनाएँ भी हैं और संभवतः हम सभी इन सभी से सदैव ही संबंधित हैं। इनकी कविताओं में बोझलता नहीं हैं, बल्कि प्रत्येक कविता को पढ़ते हुए स्वयं कविता के शब्दों से स्वयं को जोड़ पाते हैं और शायद यह इनकी कविताओं की एक विशेषता भी हैं। सरल भाषा में लिखी गई इन सभी कविताओं को पाठक अवश्य ही पसंद करेंगे ऐसा मुझे पूर्ण विश्वास है।

विरह को कितना खूबसूरती से पेश किया है कि एक-एक शब्द में इसकी झलक मिलती है—

खुद ही रोए
और रोकर चुप हो गए
ये आँसू ही थे अपने
जो आँखों से, जुदा हो गए।

यह इनका पहला कविता-संग्रह अवश्य है, परंतु मुझे ऐसा विश्वास है कि काव्य-जगत् में इनका यह एक बड़ा कदम सिद्ध होगा, जिससे पाठक व काव्य-जगत् भी सराहएगा।

यशिकाजी की कविताओं से उद्‌धृत अंश, जिन्हें यहाँ वर्णित करना उचित होगा—

उम्र भर की बातें करनी हैं तुमसे
तुम फुर्सत का एक इतवार लेकर आना

जो पल हमने तुम्हारे इंतजार में बिताए हैं

तुम उनका पूरा हिसाब लेकर आना।

प्रेम मानव जीवन की एक ऐसी भावना है, जिसे संभवत: अनेक बार अनेक लोगो ने अपने-अपने ढंग से प्रस्तुत किया है। परंतु यशिकाजी ने किस प्रकार बखूबी इसका बहुत ही कम शब्दो में सरलता से वर्णन किया है वह भी अत्यंत प्रभावी है। देखिए—

मेरे मन की बूँद-बूँद में तुम ही तुम बहते हो ।

और मुझमें, मुझसे ज्यादा तुम ही तुम रहते हो।

मैं मरुस्थल के रेत जैसी, तुम सावन की फुहार हो,

मैं रंगीन मौसम के जैसी, तुम प्रेमगति, मनुहार हो।

यशिकाजी को इस प्रथम काव्य-संग्रह के प्रकाशित होने के शुभ अवसर पर मेरी हार्दिक बधाई एवं शुभकामना। प्रभु यशिकाजी को न्याय-प्रणाली के दायित्व के साथ-साथ काव्य-सृजन के लिए उत्तरोतर प्रगति प्रदान करे।

—उर्वशी अग्रवाल 'उर्वी'

भूमिका

'अंतस' डॉ. यशिका के अंत:करण की अनुभूतियों का सीधा-सरल काव्यनुवाद है।

किसी काव्य-कौशल की स्पर्धा में ये कविताएँ खुद को शामिल नहीं करतीं, ये केवल मन की निष्पाप, पवित्र और प्रांजल अनुभूतियों की छलकन हैं, और फिर भी पूर्ण हैं।

भारतीय स्त्री के संस्कार, उसका सहज समर्पण और नेह जैसे इन कविताओं में साकार देह पाकर इठला रहा है।

अपनी जीवन-यात्रा के दौरान मुझे तमाम ऐसी गृहणी/कामकाजी महिलाएँ मिलती रही हैं, जिनमें मैने जरा सी मीरा, झलक भर राधा और थोड़ी सी रुक्मिणियों के दर्शन किए हैं।

'लम्हों का इश्क नहीं, सदियों की इबादत है
कैसे करूँ शिकायत मैं
हर साँस को तेरी आदत है'

या

'रूह का रूह से मिलन हो ऐसा

जो अगले कई जन्मों तक साथ निभाए'

यह तभी कहा जा सकता है, जब एक ही स्त्री में राधा, मीरा और रुक्मिणी तीनों का प्रेम अपने अकेले कान्हा के लिए धड़कता हो।

यह कविताएँ एक ऐसी स्त्री का मन बाँचती हैं, जिसकी दुनिया अपने जीवन साथी के इर्द-गिर्द सिमटी होती है, उससे बढ़कर न कोई खूबसूरत न कोई बेहतर दुनिया मे रह जाता है।

'माँग लूँ तो मन्नत हो तुम
दे दूँ तो जिस्मोजान
छू लूँ तो सिहरन हो तुम
छोड़ दूँ तो अरमान'

'मन्नत' पूरी हो जाने जैसी उपलब्धि और जिस्मोजान निछावर कर डालने के समर्पित अहसास, सामीप्य की सिहरन और दूरी होते ही हृदय का अरमान बना लेने की सोच···एक स्त्री के समर्पण और प्रेम का इससे आगे क्या उदाहरण हो सकता है?

'तुमसे अलग हूँ मै, ऐसा महसूस कभी किया ही नहीं,
तुम्हारे बिना कोई लम्हा मैने जिया ही नहीं'

दूर होकर भी स्वयं को अपने प्रिय के ध्यान में रखना, जीवन के प्रत्येक पल में प्रिय की उपस्थिति को महसूस करना···प्रेम की परिभाषा इससे अलग क्या होती होगी··· ?

'मोह होता तो बाँधते तुम्हें
प्रेम है इसलिए बँध गए'

इतने सहज ढंग से इतनी बड़ी बात कह गई है कवयित्री कि बड़े ज्ञानी-ध्यानी क्या समझेंगे और क्या कहेंगे?

प्रेम के नाम पर जो आज तरह-तरह की बुरी घटनाएँ घट रही

हैं उनके मूल में प्रेमास्पद को, उसके प्रेम को पा लेने की इच्छा और अहंकार ही तो है?

जबकि प्रेम पाने का नाम तो है ही नहीं।

आपके अधिकार में किसी को प्रेम करते रहना ही है, उससे प्रेम पाना आपके वश में कहाँ है? और यही सीधी सी बात लोग समझ नहीं पाते, जिसे दो पंक्तियों में कह डाला है कवयित्री ने।

कहने को बहुत-कुछ कहा जा सकता है, किंतु मै चाहती हूँ कि पाठकगण स्वयं मन से इन कविताओं को पढ़ें, और रू-बरू हों।

डॉ. यशिका को मेरी अनंत शुभकामनाएँ। उनका यह 'अंतस' पढ़ने वालों के अंतस तक पहुँचे और उनके अंतस को आनंदित करने में सक्षम हो।

—डॉ. सरिता शर्मा

आत्मकथ्य

जैसा कि मेरी पुस्तक के नाम से प्रतीत होता है, ये कविताएँ मेरे अंतस् से निकली हुई हैं। यों तो आपने बहुत सी पुस्तकें मोहब्बत पर पढ़ी होंगी, पर यह पुस्तक मेरे दिन-प्रतिदिन की अनुभूतियों को समेटे है। बचपन से ही अपनी माँ रूपी सजग प्रहरी को ये कहते सुना था कि अपना सारा ध्यान चरित्र-निर्माण और पढ़ाई पर लगाओ और अनावश्यक बातों से दूर रहो। मेरी माँ के सजग रवैये, पापा के दुलार एवं भाई-बहन के प्यार ने कभी किसी की कमी महसूस नहीं होने दी। दादाजी एवं दादीजी ने मुझे लोगों को अपना बनाना सिखाया और उनके सादगी भरे जीवन ने मुझे सभी को सहजता से अपनी जिंदगी में जगह देने का पाठ पढ़ाया। हम जिस समाज में रहते हैं वहाँ एक स्त्री से बस उसकी कोमलता, ममत्व, वात्सल्य, स्नेह, प्रेम, धैर्य, जन्म देना और अपना घर-संसार बसाना ही अपेक्षित होता है। अगर कोई स्त्री इन सब गुणों से मुँह मोड़कर अपनी तरह जीने की कोशिश करती है तो वह समाज का तिरस्कार ही सहती है। इस बात की सीख मेरी माँ ने बचपन से ही मेरे दिमाग में डाल दी, जिसे मैं आज तक महसूस करती हूँ और हर पल निभाने की कोशिश करती हूँ।

संस्कारों में पली, परिवार की मर्यादा की बंदिशें निभाती हुई स्त्री अपना अस्तित्व ही मिटा देती है और सबकुछ पुरुष के अनुसार ही करती है जो कि उसकी पहचान बन जाता है। मेरे जीवन में मुझे मेरी अलग पहचान दिलाने में मेरे जीवनसाथी डॉ. यशपाल यादव का जो योगदान रहा, उसी ने कहीं-न-कहीं मेरे मन को भीतर तक छू लिया। अगर उन्होंने मुझे आगे आने की हिम्मत नहीं दी होती तो मैं भी आज अपने घर की चारदीवारी तक सीमित रह जाती। उन्होंने मुझे स्वच्छंद उड़ने का अवसर दिया। स्वभाव से वो बेहद शांत और सरल इंसान हैं और मैं उनके एकदम विपरीत। मैं रोज अपने भावों को व्यक्त करने में सक्षम हूँ और वह उसको छुपाने में। परंतु उनका हर काम में मुझे सहयोग देना, मुझे हर जगह आगे रखना और बिन बोले प्रशंसा करना, मेरे प्रति असीम प्रेम को दर्शाता है। यह काव्यकृति मेरे उसी प्रेम की अनुभूति है, जिसमें मेरे उथले गहरे एहसास कविता के रूप में निकल कर आए हैं। मुझे उम्मीद है की मेरी मन में उठी भावनाओं के अटपटे चित्र आपको पसंद आएँगे और आप सब उनमें कहीं-न-कहीं खुद का अक्स ढूँढ़ेंगे।

मैं एक न्यायाधीश के रूप में कार्यरत हूँ और अपने इस कार्यक्षेत्र में मेरे विचारों का कैनवास रोज नई ऊँचाइयों को छू रहा है, लोगों की वेदनाएँ कहीं-न-कहीं मेरी लेखनी को प्रभावित करती ही रहीं हैं। प्रेम कभी ईश्वर से, कभी प्रकृति से, कभी स्वयं से तो कभी संसार से, स्वाभाविक रूप में घटता-बढ़ता रहता है। मेरी इस कबीरी लेखनी से प्रेम के नए आयाम छूने में मुझे सफलता मिली है तथा मैं यह उम्मीद करती हूँ कि सुधि पाठकों का स्नेह मेरी लेखनी को और समृद्ध करेगा।

—डॉ. यशिका

अतिरिक्त ज़िला एवं सत्र न्यायाधीश

yashpalyashika@gmail.com

आभार

यह पुस्तक मेरे हमसफर डॉ. यशपाल यादव को समर्पित है, जिन्होंने मुझे जीवन में आगे ही आगे बढ़ने के लिए सदा प्रोत्साहित किया। इस पुस्तक में मैंने अपने जीवनसाथी के प्रति अपनी अनुभूतियों की अभिव्यक्ति की है, जो मेरे सबसे अच्छे दोस्त, सलाहकार और सहयोगी हैं।

हमारी शादी घरवालों की एकदम सर्वसम्मति से बिल्कुल पारंपरिक तरीके से हुई थी। न मैं इन्हें जानती थी और न ही ये। सिर्फ दो महीने के अंदर ही हमारा रिश्ता तय हुआ और शादी भी हो गई। जो भी जान-पहचान हुई वह सब शादी के बाद। मुझे मालूम नहीं था कि ईश्वर ने मेरे लिए जीवनसाथी के रूप में एक हीरे को तराशा हुआ है, जो खुद तो चमक बिखेर ही रहा है और अपने साथ-साथ मेरे जैसे एक साधारण से पत्थर को भी एक नई चमक प्रदान करेगा। इनके सान्निध्य में आकर मेरा तो रूप ही परिवर्तित हो गया। पहले एक साधारण गृहिणी, फिर एक न्यायाधीश और अब एक रचनाकार के भी रूप में, ये सब इनकी प्रेरणा से ही संभव हुआ ।

यों तो मेरी इस लिखने की चाह में मेरे मित्रों, मेरे निकटजनों का मुझे बहुत सहयोग मिला, जिनका आभार शब्दों में व्यक्त नहीं किया जा सकता, पर मेरी छोटी बहन समान ननद जागृति का मैं विशेष रूप से धन्यवाद करना चाहूँगी, जिसने मुझे मेरी पुस्तक का 'अंतस' नाम रखने का सुझाव दिया। मेरे जन्मदिन पर उसने मुझे दो पुस्तकें उपहार में दीं और कहा कि भाभी पहले पढ़ो और फिर लिखो। मैं अपने सभी परिवार वालों का भी तहे दिल से शुक्रिया कहना चाहती हूँ, जो मुझे हमेशा लिखने के लिए प्रेरित करते रहे। मैं अंतरराष्ट्रीय स्तर पर ख्याति प्राप्त कविवर श्री दिनेश रघुवंशीजी की अत्यंत आभारी हूँ, जिन्होंने मुझे इस राह पर कदम-कदम पर चलना सिखाया। इस पुस्तक के प्रकाशन पर मैं उन सभी लोगों के प्रति अपनी कृतज्ञता प्रकट करना चाहूँगी, जो मेरी लेखनी के सफर के हमसफर रहे।

अनुक्रम

भाग-2

भाग-1

इश्क़

लम्हों का इश्क नहीं
सदियों की इबादत[1] है,
कैसे करूँ शिकायत मैं
हर साँस को तेरी आदत है

यह रिश्ता शब्दों का नहीं
रूह की लिखी इबारत[2] है
यह कशिश तेरी सूरत में
हर्फ–ओ–हिकायत[3] है

कोई तोहफा चाहिए नहीं
तेरा आना ही इनायत[4] है
जर्रे–जर्रे में तू दिखता
लगता है, यही मोहब्बत है

1. इबादत : पूजा करना
2. इबारत : वाक्य रचना
3. हिकायत : कहानी, बात
4. इनायत : कृपा

अंजन[1] के घेरे में कुछ नहीं
तेरी नजर तहजीब-ए-नजाकत है
शर्म से पलकें झुक-झुक गईं
तेरी निगाह ही कयामत है

यों तो मसरूफ हम भी कम नहीं
पर तेरे खयालों से कब होती फरागत[2] है
दिमाग और दिल की कशमकश चल रही
नामालूम ये यारी है या अदावत[3] है।

□

1. अंजन : आँखें
2. फरागत : छुटकारा
3. अदावत : शत्रुता

बीस साल

बीस साल का गुजर जाना
बीस पल-सा मुझे लगता है
समय का यों उड़ जाना
एक जादू-सा लगता है

नौकरी में मसरूफ हम रहते
दिन में मिलना कहाँ होता है
शाम को एक झलक दिख जाती
पूरे दिन की तनख्वाह-सा लगता है

मुझमें अब मैं नहीं रहती
मेरे जहन में बस तू रहता है
जिस्मों का रिश्ता नहीं ये
मुझे रूह का बंधन लगता है

दिल में नहीं कोई तमन्ना बाकी
तुझे पाकर हर ख्वाब मुकम्मल लगता है
रुखसत हो गई अब हसरतें मेरी
सूखे मरु पर जैसे सावन-सा बरसता है

मेरी मंजिल मेरी हद और अख्तियार
बस तुमसे तुम तक, लगता है
एहसास से अल्फाजों का यह सफर
कलम में तेरे इश्क का असर दिखता है

साल-दर-साल बीते यों ही तुझ संग
तेरा रंग मुझ पर ऐसा चढ़ा लगता है
जज्बात हावी हो जाते मुझ पर
लफ्जों का ठहरना नामुमकिन लगता है।

□

यह कविता मैंने अपनी शादी की बीसवीं सालगिरह पर लिखी थी।

तेरी आँखें

तेरी आँखें मुझे दर्पण-सी लगती हैं
मेरा चेहरा जो उनमें दिख जाता है
तेरी बातों का सम्मोहन खींचे
ज्यों लोहा चुंबक से खिंच जाता है

जिंदगी के कोरे पन्नों में
तू हर्फ-हर्फ-सा लिख जाता है
इस कहानी का एक तू ही किरदार
जो बिन बोले सब कह जाता है

कुछ तो है अनोखा तुझमें
जो मेरा दिल बस तुझे ही चाहता है
रूह मेरी करे बगावत मुझसे
उसे क्यों तेरा जिस्म ही भाता है

लेखनी को भी आदत हो गई तेरी
और कुछ लिखना ही शायद मुझे नहीं आता है
तुझसे हटकर कुछ लिखना ही नहीं चाहती
तुझे लिखकर ही सुकून मुझे आता है

पहले सोचती थी कि इश्क एक बार होता है
तुझ पर तो हर रोज प्यार मुझे आता है
यह दर्द इतना मीठा है कि
इसे सहने में मजा रोज आता है।

□

मालूम हुआ

नजदीकियों का इल्म
मुझे तब हुआ
जब मैंने लिखा उन्हें
और उन्होंने बिन पढ़े वह पढ़ लिया

यों तो हक पूरा था उन पर
पर हक पूरा तब हुआ
जब नाम भी नहीं लिया उनका
हर बात में जिक्र उनका हुआ

कैसे सँभालूँ इस दिल को
यह मेरा होकर भी मेरा न हुआ
आईने में सूरत मैं देखती
और मेरा अक्स भी उनका हुआ

बेसबब नहीं महकते अल्फाज मेरे
इनको भी लगता है इश्क हुआ
कलम खुद-ब-खुद लिखती उनको
मेरा तो बस नाम हुआ

लफ्ज-लफ्ज उन्हें याद करते
मोहब्बत का जैसे इम्तिहान हुआ
फासला भी इतना दिलकश होगा।
ये उनके दूर जाने से, मालूम हुआ।

□

यह कविता मेरे मन के उन भावों को कहती है, जो अकसर तब मन में आते थे, जब मेरे साहब रोहतक के डी.सी. थे। अपनी नौकरी के चलते ये रोज मेरे पास फरीदाबाद नहीं आ सकते थे और न ही मैं अपना स्टेशन रोज छोड़कर वहाँ जा सकती थी। यों तो यह समय छह-सात महीने का ही था, पर काफी कुछ सिखाकर गया। इनसे दूरी इतनी दिलकश होगी, यह मालूम नहीं था।

रूहानी रिश्ता

ये ठंडी ओस की बूँदें
जैसे सूरज की रोशनी से पिघल जाए
ऐसा ही कुछ मैं भी चाहूँ
तेरी बाहों में जिस्म मेरा पिघल जाए

ये चिड़ियों की चहचहाहट
ज्यों शाम ढले, थम जाए
ऐसा ही कुछ मैं भी चाहूँ
तू आए घर शाम को और लम्हे थम जाएँ

ये भौंरे की गूँज सुनकर
ज्यों कलियाँ सँवर-सँवर जाएँ
ऐसा ही कुछ मैं भी चाहूँ
तू देखे मुझे और मेरा रूप निखर जाए

ये सुगंध जो सुमन में रहती
ज्यों उससे वो अलग न हो पाए
ऐसा ही कुछ मैं भी चाहूँ
जिस्म हो मेरा जिसमें खुशबू तेरी समाए

आखिर में बस यही कहूँगी
तेरा–मेरा रिश्ता रूहानी हो जाए
रूह का रूह से मिलन हो ऐसा
जो अगले कई जन्मों तक साथ निभाए।

□

तुम

लिख दूँ तो लफ्ज हो तुम
सोच लूँ तो खयाल
बोल दूँ तो अल्फाज हो तुम
चुप रहूँ तो दिल में बवाल

माँग लूँ तो मन्नत हो तुम
दे दूँ तो जिस्म-ओ-जान
छू लूँ तो सिरहन हो तुम
छोड़ दूँ तो लगो अरमान

ढूँढ़ूँ तो कस्तूरी हो तुम
पा लूँ तो हो जहान
बाँध लूँ तो हवा हो तुम
खोल लूँ तो बखान

याद करूँ तो धड़कन हो तुम
भूलूँ तो आह्वान
जिक्र करूँ तो जुबाँ हो तुम
दंभ करूँ तो गुमान

समझूँ तो अबूझ पहेली हो तुम
बूझूँ तो अनजान
कहूँ गर तो आयाम हो तुम
बताऊँ तो मेरी पहचान।

□

हम-तुम

तुमसे अलग हूँ मैं
ऐसा महसूस कभी किया ही नहीं
तुम्हारे बिना कोई लम्हा अकेले
मैंने कभी जिया ही नहीं

तुम्हारी बाँहों से ज्यादा
महफूज कहीं और किया ही नहीं
तुम्हारे इश्क का ही नशा है
कोई और जाम कभी पिया ही नहीं

जिस्म को कहते थे कभी अपना
रूह तक लेकिन अब मेरी नहीं
गुनहगार भी तुम्हें हम क्यों कहें
खता क्या है, यह पता ही नहीं

साँस–साँस में तुम संग चलते
सफर यह अकेला मुझसे कटता नहीं
सुकून शब्द भी शायद अब तुमसे
तुम्हारे सिवा यह और कहीं मिलता ही नहीं

कोई पुरानी दुआ कबूल हुई लगती है
जन्मों का प्यार है यह नया नहीं
मेरे नाम में शामिल तुम्हारा नाम
इससे बड़ा और कोई सबूत नहीं।

□

फुरसत का एक इतवार

उमर भर की बातें करनी हैं तुमसे
तुम फुरसत का एक इतवार लेकर आना
जो पल हमने तुम्हारे इंतजार में बिताए हैं
तुम उनका पूरा हिसाब लेकर आना

पूरी जिंदगी मसरूफियत ही देखी तुम्हारी
संग अपने तुम जरा आराम लेकर आना
सुना है, बड़ी आबो-हवा है तुम्हारी शहर में
थोड़ा हमारे लिए भी एहतराम लेकर आना

तुम्हारी हर अदा से मोहब्बत करी है हमने
तुम बस अपने वो दो मीठे अल्फाज लेकर आना
जिसमें हो सिर्फ तुम्हारी और मेरी बातें
तुम बस वो अपने अनकहे एहसास लेकर आना

महफिलों में तुम रहते हो अकसर
जब मिले तनहाई, तो उसे लेकर आना
खामोशी भी पसंद है वैसे तो हमें तुम्हारी
पर तुम उसकी एक आवाज लेकर आना

गुलजार रहता है तेरी यादों का बाजार हमेशा
बस तुम एक खरीदार बनकर आना
मेरी साँसें तक बिकाऊ तुम्हारे लिए
तुम अपनी नजर बेकरार लेकर आना

बयाँ करना चाहती हूँ मैं ये फसाना दिल का
तुम एक खाली किताब लेकर आना
हर्फ-दर-हर्फ लिखना उस पर
तुम अपने दस्तखत मोहर लेकर आना।

□

यह बात तब की है, जब हम दोनों अलग-अलग जगह पर नौकरी कर रहे थे। मैं थी फरीदाबाद और मेरे पति रोहतक में डी.सी. थे। अकसर हम दोनों सप्ताह के अंत में ही मिलते थे। एक परिचित की बेटी की शादी में हमें पलवल जाना था। तय यह हुआ कि ये रोहतक से और मैं फरीदाबाद से आऊँगी, फिर हम इकट्ठे फरीदाबाद जाएँगे। पर किसी कारणवश इनको वापस वहीं से रोहतक जाना पड़ा। जब मैं वापस अकेली पलवल से आ रही थी, उस वक्त मन में भावों का एक तूफान-सा उठ रहा था। उसी तूफान को शांत करने के लिए रास्ते में आते-आते यह कविता लिखी।

दर्द-ए-दिल

खुद ही रोए
और रोकर चुप हो गए
ये आँसू ही थे अपने
जो आँखों से जुदा हो गए

ओस की बूँदों से एहसास
दिल में कहीं दफन हो गए
सुबह चमक रहे थे मोती से जो
रोशनी संग कहीं खो गए

रहते थे जो तारों में सदा
चाँद को वे तरस गए
वक्त–वक्त की बात है
फासले बहुत दरमियाँ हो गए

ये मोहब्बत के जायके हैं
जीभ पर कहीं ठहर गए
बेस्वाद सा सब अब लगता है
भूख जैसे वे संग ले गए

और हाल-ए-दिल क्या सुनाएँ
दिल में दर्द वे दे गए
हम तड़पते रहते हैं याद में
और वे मर्ज हमारा बन गए।

□

इस कविता के पीछे भी कारण हमारा एक-दूसरे से दूर रहना है। ये बात तब की है, जब इनको उत्तर प्रदेश चुनाव-ड्यूटी में जाना पड़ा। मैं रोज दिन गिन-गिन निकालती थी। कुछ खाने-पीने का भाव भी मन नहीं करता था। सहारा था तो बस इस कलम का, जो मेरे दिल के कागज पर कविता उकेरती थी।

तुम्हारा साथ

तुम्हारे साथ खामोश भी रहूँ
तो बातें पूरी हो जाती हैं
तुम में, तुम से, तुम पर ही
मेरी दुनिया पूरी हो जाती है

कितने ही खूबसूरत शब्द लिखूँ
कविता निखर ही नहीं पाती है
एक तेरा नाम शामिल करने से
खुद-ब-खुद हसीन हो जाती है

तुम तो बस मेरे हो
यह बात मन की तह तक जाती है
हर खयाल-के-खयाल में तुम
हर साँस-साँस में कह जाती है

आँखें बंद हों या खुली
तेरी सूरत वहीं ठहर जाती है
करवट बदलते रहते हैं
और रात आँखों में कट जाती है

उमर रोज बढ़ रही है
रूह इश्क में डूबी जाती है
जितनी मोहब्बत कर ली तुमसे
उतनी ही रोज बढ़ती जाती है।

□

ये कविता मैंने अपने जीवन-साथी के जन्मदिन पर तोहफे के रूप में लिखी थी।

जिद

मेरे तन की बूँद-बूँद में
तुम-ही-तुम बहते हो
और मुझमें मुझसे ज्यादा
तुम-ही-तुम रहते हो

मेरी साँस की हर लय में
तुम ही आते-जाते हो
और सीने की धड़कन में
तुम-ही-तुम धड़कते हो

कुछ पल की दूरी भी लंबी
रह-रहकर याद आते हो
हर वक्त खयाल तुम्हारा
हर खयाल में तुम आते हो

मालूम है हर बात में तुम
जिक्र मेरा नहीं करते हो
खुश हूँ बहुत मैं, लेकिन फिर भी
क्योंकि फिक्र तुम मेरी करते हो

इनायत हो तुम मेरे खुदा की
नूर मुझे तुम उसका दिखते हो
कोई पुरानी जिद हो शायद
जो इस बार पूरी हुई लगते हो।

□

तू भी कह दे

बहुत कविताएँ लिखीं तुझ पर
दो मिसरे तू मुझ पर भी कह दे
ताकती रहती हूँ तेरी तरफ हर पल
एक नजर तू मुझ पर भी डाल दे

इतना इंतजार किया तेरा रात-दिन
तूने भी मुझे याद किया, यह कह दे
ज्यादा नहीं माँगती तुझसे
तू बस देख कर मेरी तरफ, और मुसकरा दे

तेरे साथ में जन्नत का सुख मिलता
तू साथ रहने का बस मौका दे
मैं तेरे लिए बनाऊँ छप्पन भोग
और तू उसको सिर्फ चख दे

मेरी सारी खुशियाँ मैं तुझ पर वार दूँ
तू अपने रंज और गम मुझे उधार दे
और क्या कहूँ मैं इससे ज्यादा
बस अपनी रूह में मुझे उतार दे। □

क्या होगा

जो शख्स तेरे तसव्वुर से महक जाए
सोच, तेरे दीदार से क्या होगा
राह तकी ताउम्र जिनकी
वो सामने आ जाए तो क्या होगा

बेपनाह मोहब्बत छिपी आँखों में
जिक्र कर दें, तो क्या होगा
हिज्र में चेहरा नहीं दिखता जालिम का
वो उल्फत-ए-नजारा क्या होगा

जो ख्वाब देखे रात भर उसने
जो होगी सहर तो क्या होगा
धुँधली-धुँधली यादों का सिलसिला
जो थम गया तो क्या होगा

इश्क का दर्द ही इतना मीठा
छुअन का मजा तो क्या होगा
मुसकराना ही कातिल उसका
जो वो हँस दे तो क्या होगा

नज्म लिखकर ही यह हाल है मेरा
जो सुना दी उसे तो क्या होगा
अल्फाज कलम से जो निकले अभी-अभी
कलाम बन गए तो क्या होगा!

□

मोह

मोह होता तो बाँधते तुम्हें
प्रेम है, इसीलिए बँध गए
मीरा होती तो मन लगाते
राधा हैं, इसीलिए रँग गए

जुस्तजू होती तो भूल भी जाते
जिद है, इसीलिए रम गए
नशा होते तो उतर जाते
जुनून है, इसीलिए जम गए

हकीकत होती तो रू-ब-रू होते
राज हैं, इसीलिए तह गए
सागर होते तो ठहर भी जाते
नदी हैं, इसीलिए बह गए

फूल होते तो करते आरजू
खुशबू हैं हम बिखर गए
मर्ज होता तो इलाज करते
मजा है, इसीलिए निखर गए

धड़कन होते तो धड़कते रहते
दिल हैं, इसीलिए कहीं दुख गए
जिस्म होता तो साथ जाते
रूह हैं, इसीलिए रुक गए।

□

बात 9 फरवरी, 2022 की है। शाम को ये घर आए और बताया कि कल मुझे उत्तर प्रदेश जाना है। जब मैंने कारण पूछा तो इन्होंने बताया कि मेरी चुनाव में ड्यूटी लग गई है। किसी ने ऐन वक्त पर अपनी ड्यूटी कटवाई और इनकी ड्यूटी अचानक से लग गई। मुझे तो यह बात समझने में ही इतनी देर लग गई कि आप कोई फौज में थोड़े न हो, जो अचानक से बुलावा आए और आप चल दो। खैर, अपने मन को समझाना पड़ा कि अब एक महीना तुझे इनके बिना रहना है। अगले दिन सुबह 6 बजे ये वहाँ के लिए रवाना हो गए। एक बार तो मन किया कि मैं भी छुट्टी भेजूँ और चल दूँ इनके साथ। फिर लगा कि तेरा इनसे मोह नहीं है, प्रेम है, प्रेम; जिसमें बँध कर रहने में ही मजा है। बस, उसी रात इनके प्रेम में मेरे मन से अल्फाज निकले।

मैं ज़मीं बंजर

मैं ज़मीं बंजर थी
तू बनकर आया मौसम-ए-बरसात
तेरे इश्क में भीग गया रोम-रोम मेरा
हुई मेरी रूह की तेरी रूह से मुलाकात

मैं गुमशुदा रात थी
तू बनकर आया दिन की शुरुआत
हर लम्हे में तू जीने लगा मुझमें
तेरी साँस में बसी मेरी कायनात

मैं बेरंग ओढ़नी थी
तू संग लाया रंगों की सौगात
बाँध लिया तूने प्रेम की डोर में
मेरी हर बात में बस तेरी ही बात

मैं अधूरी एक शायरी थी
तेरे जिक्र से महके मेरे जज्बात
लफ्ज बैठ गए डोली में जाकर
और तू लेकर आया नज्म की बारात

मैं एक खाली गागर थी
तू बनकर आया दरिया-तालाब
खुशियों के रंग का भर दिया पानी
डूबा तन-मन मेरा, बढ़ गया रुआब।

□

यह कविता करवाचौथ 2021 को लिखी गई थी।

जान

हँसते रहना तुम हमेशा
तुम्हारी हँसी में मेरी जान छिपी है
एक मुसकान जो आती चेहरे पर
उस पर मेरी सारी दुनिया टिकी है

तुम अकसर चुप रहते हो
पर तुम्हारी आँखों में मुझे कई बातें मिली हैं
और जब तुम सो जाते हो न, तो सोचती हूँ
कितनी सुंदर कान्हा से तुम्हें सूरत मिली है

तुम जैसा कोई न हुआ, न होगा
मेरी दुआओं को तुम्हारी सूरत मिली है
खाली गागर ज्यों तरसती पानी को
वैसी ही अनबुझी प्यास मिली है

तुम ख्वाब में मिलते हो जब
तुम्हें पाने की मैंने जिद करी है
और हकीकत में जब होते रू-ब-रू
तुम्हें कभी न जुदा होने की आरजू करी है

जिंदगी गुलजार है तुमसे मेरी
गर दे खाक में मेरी हस्ती मिली है
अब तुम हो और सिर्फ तुम हो
इस सिफर में यह अनोखी मस्ती मिली है।

□

लिखना

कुछ गहरा-सा लिखना था
इश्क से ज्यादा क्या लिखते

कुछ ठहरा-सा लिखना था
दर्द से ज्यादा क्या लिखते

कुछ हसीन-सा लिखना था
अदा से ज्यादा क्या लिखते

कुछ मदहोश-सा लिखना था
तेरी मंद मुसकान से ज्यादा क्या लिखते

कुछ मीठा-सा लिखना था
प्यार से ज्यादा क्या लिखते

कुछ अनमोल–सा लिखना था
तेरे साथ से ज्यादा क्या लिखते

कुछ कातिल–सा लिखना था
तेरी निगाह से ज्यादा क्या लिखते

कुछ अंतहीन–सा लिखना था
जज्बात से ज्यादा क्या लिखते

कुछ जीवन–सा लिखना था
तो 'तुम' से ज्यादा क्या लिखते!

□

तुम शायरी हम अल्फाज़

तुम शायरी तो लिखो
हमें अल्फाज बनना कबूल है
तुम सिर्फ हद में रहो
हमें अनहद में जाना मंजूर है

तुम हमेशा सुर्खियों में रहो
हम खामखाह मजगूर[1] हैं
तुम शफक[2] के जैसे हो
एक झलक ही सुकून है

तुम पर दिल बाखता[3]
फिर भी जीत–ए–जश्न, हजूर है
जिस्म तो जनाब कुछ नहीं
हम तो रूह से भी मजबूर हैं

---

1. मजगूर : चर्चा
2. शफक : आकाश में साँझ–सवेरे दिखने वाली लालिमा
3. दिल बाखता : दिल हारे हुए हैं

तुम अपनी तशबीश[1] तो दो
हम समझेंगे मकसूम[2] है
फना आखिर में होना ही तो
इश्क का दस्तूर है

तुम मोहब्बत की किताब बनो
हम तो हर्फ-ए-मौहूम[3] हैं
तुम क्या हो मेरे लिए
तुमको नहीं यह मालूम है

तुम खामोशी से बयाँ करो
हमारा सुनना ही मकदूर[4] है
गुलजार-ए-जमाना[5] क्या जाने
गुल फरोश[6] तो गुल[7] का ममनून[8] है।

□

1. तशबीश : परेशानी
2. मकसूम : भाग्य में
3. मौहूम : भ्रम
4. मकदूर : संभव
5. गुलजार-ए-जमाना : संसार का उपवन
6. गुल फरोश : फूल बेचने वाला
7. गुल : फूल
8. ममनून : आभारी

इक्कीस बरस

कहने को आज प्यार हमारा
इक्कीस बरस का हो गया
पर लगता है वक्त जैसे
पंख लगा कर उड़ गया

यों तो बदलाव बहुत आए
बहुत कुछ अलग हो गया
कशिश वही पुरानी रही
दिल-दिल पर ही ठहर गया

प्रेम निष्ठा के इस सफर में
तेरा साथ मेरी आदत बन गया
मालूम ही नहीं चला मुझे कब
मेरा इश्क इबादत बन गया

बहुत बातें कभी नहीं करी तुमने
पर मौन तुम्हारा सब कह गया
तुम संयमित, मैं चंचल दिल वाली
जाने कैसे हृदय एकरस हो गया

और क्या कहूँ मैं इससे ज्यादा
बैरी मेरा मन मुझसे हो गया
यश की बनी यशिका जिस दिन
सबकुछ जैसे यशमय हो गया।

□

सब कोशिश बेकार

तू मेरे लहजे में दिखता है
तुझे छुपाने की हर कोशिश बेकार
तू तो अक्स में छुपा मेरे
तुझे ढकने की हर कोशिश बेकार

तुझे कितना चाहती हूँ मैं
ये बताने की हर कोशिश बेकार
दूर रहकर भी करीब मेरे तू
तुझे भुलाने की हर कोशिश बेकार

सुबह की चाय की तलब-सा तू
तुझे छोड़ने की हर कोशिश बेकार
जितना सोचूँ कि न सोचूँ तुझे
मेरी वह सोचने की कोशिश बेकार

मेरी रूह में बस हुआ तू इस कदर
दिल बहलाने की हर कोशिश बेकार
हर खयाल में खयाल तेरा
झूठलाने की हर कोशिश बेकार

तेरे वजूद से ही वजूद मेरा
तेरे बिना मेरा जीना बेकार
तू है तो मेरी दुनिया है
नहीं तो जन्नत भी बेकार।

□

मैं और तुम

मैं चंचल नदी के जैसी
तुम ठहरे हुए दरिया हो
मैं जंगल की मोरनी
तुम सफेद हंस हो

मैं चाँद की चाँदनी जैसी
तुम तो जैसे आफताब हो
मैं नीचे धरती से ताकती
तुम नूर–ए–हिजाब हो

मैं कविता के शब्दों जैसी
तुम मेरी कलम बनते हो
मैं कहानी में किरदार बनूँ जो
तुम पुरी कहानी कहते हो

मैं दिल में धड़कन जैसी
तुम दिल में धड़कते हो
मैं इश्क का मीठा दर्द
तुम मेरा मर्ज लगते हो

मैं मरुस्थल के रेत के जैसी
तुम सावन की फुहार हो
मैं रंगीन मौसम के जैसी
तुम प्रेम–गीत, मनुहार हो

मैं खट्‌टी–मीठी इमली जैसी
तुम मीठे–रसीले आम हो
मैं हूँ एक अधूरी तमन्ना
तुम मंजिल, तुम मुकाम हो।

□

ग़ुलाम ख़्वाहिश

देख तकलीफ में उनको
जान मेरी निकलती है
दर्द उनका मुझे दे-दे खुदा
मेरी तो जान ही उन में बसती है

देख दर्द की इंतहा
बस आह ही दिल से निकलती है
कर तो कुछ नहीं सकती मैं
पलकें भीगती रहती हैं

वो गहराई बताए या न बताए
यह तो आँखों से उनकी दिखती है
रग-रग से वाकिफ हूँ मैं उनकी
इस दर्द की दवाई भी कहीं नहीं मिलती है

अजीब जुल्म करती है जिंदगी भी
महफिल में तनहाई लगती है
वो खुश तो मैं खुश
उनके नाम से धड़कनें मेरी चलती हैं

गुलाम है मेरी हर ख्वाहिश
मेरे दिल पर सल्तनत उनकी चलती है
उनके वजूद से मेरा वजूद
मेरी किस्मत उनकी लिखी हुई लगती है।

□

इस कविता के दर्द को मैंने मुश्किल से उकेरा है। जनवरी 2021 में मेरे पति को हरपीज हो गया था। यह एक बहुत ही दर्द देने वाली बीमारी है। शरीर पर लाल-लाल निशान के अलावा हड्डियों तक में दर्द होता है। आप उस दर्द के साथ न बैठ सकते हो, न खड़े हो सकते हो, न सो सकते हो। वैसे तो मैंने कभी भी इनको किसी भी दर्द में घबराते हुए नहीं देखा था, लेकिन वह दर्द इतना असहनीय था कि रात को सोते हुए भी उसके मुँह से दर्द की आवाज आती थी। मुझसे इनका दर्द बरदाश्त नहीं हो रहा था। तभी ये शब्द मेरे भीतर से निकल कर आए और मैंने कागज पर इनको उतार दिया।

ख़ूबसूरत खयाल

एक खूबसूरत-सा खयाल तू
बसता है मेरे दिल के अंदर
खुद को ही भूल जाती हूँ
तेरे खयालों में अकसर

मेरी खुशी का पैमाना तू
सुरूर चढ़ा रहता है दिन भर
बिन पिए रहती हूँ मस्ती में
बातों में तेरी शराब-सा असर

मेरी साँसों की हर धड़कन में तू
दिल-से-दिल का यह सफर
तन का यह रिश्ता नहीं
है यह रूह पर रूह का असर

नींद नहीं आती मुझको
करवटें बदलती रहती हूँ रात भर
बंद आँखों में ख्वाब तेरे
खुली तो रहती तुझ पर नजर

होता है जो तू साथ मेरे
आसान हो जाती है हर डगर
किसी और की कहाँ याद आती
रहती मैं दुनिया से बेखबर

रश्क करते हैं लोग किस्मत पर
है जो तू मेरा हमसफर
शुक्रिया करती रहती हूँ मैं उसका
बनाया जो उसने तुझे मेरा रहबर।

□

याद

मैंने करवट बदलकर भी देखा
याद तुम उस तरफ भी आते हो
हर तरह से समझाया दिल को
तुम दिल की तह तक जाते हो

ऐसा नहीं है की नींद नहीं आती
हर ख्वाब में दस्तक दे जाते हो
एक बार जो देख लूँ तो फिर
सुबह तक दिल को तरसाते हो

जितना सोचती हूँ कि न सोचूँ तुम्हें
उतने ही जहन में आते हो
हम तो पहले ही मारे हुए मोहब्बत के
और तुम हो कि सजा दिए जाते हो

तनहाई में रहने की आदत ही नहीं
घर हमारा वीरान किए जाते हो
नजर ढूँढ़ती रहती हर पल तुम्हें
मेरा तो सुकून जैसे लिये जाते हो

क्या-क्या बताएँ जो बीत रही
तुम बिल्कुल नहीं समझ पाते हो
हम इश्क का करते रोज इजहार
न जाने तुम क्यों इतना शरमाते हो

हर चीज हद में अच्छी लगती है
लेकिन तुम बेहद अच्छे लगते जाते हो
अभी चार दिन ही हुए तुम्हें गए हुए
और साल का-सा इल्म दिए जाते हो।

□

तेरा होना

एक तेरे पास न होने से
दिल मेरा कहीं न लगे
और हो जो तू करीब तो
अँधेरे में आफताब लगे

'सुनो तो' की आवाज मुझे
जैसे हर वक्त सुनती लगे
मुसकरा दे जो एक बार तो
मेरा रोम-रोम-सा खिले

हो जाए गर उदास तू
जग सारा बैरी सा लगे
नजर भर के जो देख ले तो
मीठी फिर कैरी भी लगे

फरवरी का इश्क तुझसे
फाल्गुन का तू रंग लगे
सावन की फुहारें भी तुझसे
वसंत की तू बहार लगे

मीठा-सा नशा तेरी आँखों में
बातें तेरी मुझे जाम लगे
आदी से हो गए हम तो
बिन दाम के जैसे गुलाम बिके

तेरी तलब की हद तो देख
हर बंदिश बेमानी लगे
औरों की नजर में तू कुछ भी हो
मुझे तो तू मेरा गुरूर लगे।

□

इंतज़ार

ढलते सूरज के साथ
शाम की अगुवाई हो रही थी
चिड़ियों की चहचाहट में
धुन अंतस की सुन रही थी

चाँद में अपना रूप समेटे
चाँदनी थोड़ी-थोड़ी झाँक रही थी
सूरज की किरणें भी अपने
लौट जाने की तैयारी कर रही थीं

सब पंछी अपने घर को लौट रहे
पेड़ की डाली बाट देख रही थी
फूल भी अपनी पँखुड़ी हिला रहे
छुई-मुई की पत्तियाँ बंद हो रही थीं

मुझे भी इंतजार किसी का
हर आहट पर नजर उठ रही थी
हो सकता है वो आ जाए आज
एक दबी तमन्ना हिलोरें ले रही थी

मालूम है उनका आना मुश्किल
फिर क्यूँ खुद से मैं झूट बोल रही थी
शायद ये मेरी कल्पना निगोड़ी
जो कहीं-न-कहीं भ्रमित कर रही थी।

□

चाहत

तेरी चाहत में कुछ बँधे हम ऐसे
कि तू साथ न होकर भी साथ रहता है
हर वक्त तेरे खयालों में मेरा दिल
मेरे पास होकर भी तेरे साथ रहता है

बड़ा मुश्किल है इलाज इस मर्ज का
यहाँ दर्द और दर्द अकसर रहता है
हकीम भी कोई दवा कहाँ दे पाता
उसका दिया हर अर्क बेअसर रहता है

यों तो मसरूफ हम भी कम नहीं जनाब
पर तेरा इंतजार क्यों हर वक्त रहता है
फुरसत-ए-शाम कभी तो होगी मुक्तसर
यह हिज्र मेरा मुझसे बार-बार कहता है

बीता जमाना मन को बिसमिल करता
जो सुर्ख लाल था, अब स्याह रहता है
यादों का जमघट लगा हुआ है
गुफ्तगू का जैसे एक सिलसिला रहता है

मोहब्बत भी मेरी अजीब–सी है तुझसे
तू दिल में ही नहीं, दुआओं में भी रहता है
इश्क यों ही नहीं है तुझसे मेरे हमसफर
तेरा एहसास तो मेरी रूह में रहता है।

□

तुम शामिल हो तरन्नुम की तरह

तुम शामिल हो मेरे हर गीत में
तरन्नुम की तरह
तुम शामिल हो मेरे हर साज में
एक धुन की तरह

तुम मौजूद हो मेरे मन में
एक खयाल की तरह
तुम मौजूद हो मेरे तन में
एक इश्तियाल की तरह

तुम शरीक हो मेरी महफिल में
एक रौनक की तरह
तुम शरीक हो मेरी तनहाई में
एक रुसवाई की तरह

तुम मिश्रित हो मेरी हँसी में
एक ठहाके की तरह
तुम मिश्रित हो मेरी बोली में
एक लहजे की तरह

तुम-ही-तुम बस मेरे दिल में
एक धड़कन की तरह
मेरे भीतर रहते हो
एक गर्म सिहरन की तरह।

□

ले जाना

नई जिम्मेदारी मिली है
बखूबी आप निभाना
काम करना मन लगाकर
नाम आपको खूब कमाना

इन सब में लेकिन साहिब
हमको न भूल जाना
ज्यों शबरी राह देखे राम की
बस हाल मेरा भी यही जानना

माना तन मेरा यहीं रहेगा
पर मन साथ ले जाना
कुछ नहीं माँगूँगी आपसे
बस जगह दे देना मन में एक आना

बड़ी मुश्किल से काटूँगी यह समय
बहुत पड़ेगा जी को समझाना
पर समय है यह कब स्थिर रहता
इतने समय में बस यही जाना

आपको याद करना ही नियति है
असंभव आपसे दूर जाना
एक पल भी नहीं भूल सकती आपको
आपकी याद जैसे साँस का आना जाना।

□

कुछ नहीं कहना

और कुछ नहीं मुझे
तुमसे बोलना और कहना
तुम ही श्रृंगार मेरे,
तुम ही मेरा गहना

तुम विशाल समंदर
तुम्हें आता ठहरना
मैं उन्मुक्त लहर उसमें
नहीं आता मुझे बहना

तुम्हारे तटस्थ मन में
मेरा पल भर को रुकना
यह खयाल ही खजाना मेरा
नहीं आता मुझे ढकना

तुम अचल पर्वत के जैसे
तुम्हें आता सब सहना
मैं उस पर पड़ी बर्फ के माफिक
जारी रहता मेरा गलकर बहना

मैं रहती हूँ अकसर फुरसत में
तेरी फुरसत की राह देखना
यह बन गई जैसे मंजिल मेरी
और तेरा पल भर को रुकना। □

भाग–2

आधी-अधूरी

आधी-अधूरी सी लौट आई मैं
एक हिस्सा वहीं छोड़ आई मैं
तन उड़कर घर पहुँच गया
मन अपना वहीं छोड़ आई मैं

यह दिन तो आना ही था
खुद को बहुत समझाई मैं
पंख हैं छोटे अभी उसके लेकिन
उसको उड़ना सीखाकर आई मैं

होगी कठिन बहुत राहें लेकिन
मंजिल का पता बताकर आई मैं
वह शायद रम जाए जल्दी
बस खुद को ही नहीं रमा पाई मैं

जो सपना देखा उसने वह पूरा हुआ
यह सोच कर खुश हो आई मैं
पर माँ के दिल को कैसे समझाऊँ
अपना अंश छोड़कर आई मैं।

□

ये कविता मैंने 24 सितंबर 2019 को लिखी थी, जब मैं अपने बेटे को अमेरिका के एक छात्रावास में छोड़ कर वापस भारत आई थी। जैसे ही मैं घर पहुँची, मेरे पति ने मुझसे पूछा कि कैसा महसूस कर रही हो? तो मेरे मुँह से बस यों निकला कि मैं आधी-अधूरी वापस आई हूँ। मेरा एक हिस्सा वहीं मेरे बेटे के पास रह गया है। जब रात को नींद नहीं आई, तब मैंने यह कविता लिखी। ये कविता एक माँ के मन से निकली हुई आवाज है, जो पहली बार अपने बच्चे से अलग हुई है। आशा करती हूँ कि इस कविता में हर माँ खुद को पाएगी।

मेरा सफर

वह लम्हा यादगार है मुझे
जब मैं बेटी से बीवी बनी
नखरे सब रह गए मायके में
बहू अचानक मैं बड़ी बनी

वह पल भी था रोमांचित
जब मैं पत्नी से माँ बनी
मम्मा शब्द जब सुना पहली दफा
मैं शाख से गहरा दरख्त बनी

जब नौकरी का मैंने सोचा
एक कॉलेज में प्रवक्ता बनी
कुछ दिन बाद ही किस्मत पलटी
और मैं न्यायिक अधिकारी बनी

घर–नौकरी के बीच में
जिंदगी कई हिस्सों में बँटी
एक तरफ ध्यान कोर्ट में रहता
घर पर बेटे की पढ़ाई खड़ी

अच्छी माँ, बेटी, बहू, बीवी बनने में
जिंदगी जैसे अलेक्सा बनी
फिर भी मजा आ रहा जीने में
मैं रोज संग–संग उसके चली।

□

चाहती हूँ

न बिखरना चाहती हूँ
न सिमटना चाहती हूँ
बस मैं अपने आप में
खुश रहना चाहती हूँ

न पड़े कोई फर्क मुझे
बेफिक्र बनना चाहती हूँ
खोलकर अपने ख्वाबों के पंख
ऊँची उड़ान भरना चाहती हूँ

न जताना चाहती हूँ
न बताना चाहती हूँ
मेरे अहसासों को मैं
खुद में सहेजना चाहती हूँ

न कुछ भूलना चाहती हूँ
न याद करना चाहती हूँ
कुछ यादों की दस्तक को
खामोशी से सुनना चाहती हूँ

यह मेरी जिंदगी, मेरी कहानी
इबारत खुद की बनना चाहती हूँ
लफ्ज भी मेरे, लब भी मेरे
इन पर अपना अख्तियार चाहती हूँ

यह चाहत नहीं मेरी अकेली की
मैं ही सिर्फ यह नहीं चाहती हूँ
हर लड़की के मन के भाव
आज सबको सुनाना चाहती हूँ।

□

रह गए

कुछ कहना चाहते थे हम
लफ्ज मुँह में ही रह गए
भाव तो चेहरे पर आए
जज्बात मन में रह गए

यह कोई नई बात नहीं थी
यह सोचकर बस रह गए
निकलते-निकलते बोल हमारे
फिर होंठों पर ठहर गए

कहीं अदब की मजबूरी थी
कभी ओहदा बचाते रह गए
रुसवाई न हो जाए कहीं
कहते-कहते रह गए

दायरा था सीमित हमारा
हद में बँधकर रह गए
ख्वाहिशों को दबाकर
फर्ज निभाते रह गए

हर बात बताई नहीं जाती
ऐसा सभी सिखा गए
बुरा न लग जाए किसी को
इसी डर से हम डर गए

मेरी अकेले की नहीं यह दास्तान
महसूस ऐसा सभी कर गए
एहसास तो थे सबके ऐसे ही
शब्द मेरे बयाँ कर गए।

□

यादें

यादों का एक बक्सा
रखा हुआ मैंने बड़े सलीके से
बिन देखे भी दिख जाता है
गीली पलकों के कोने से

अनगिनत लम्हों की किताबें
नहीं आती अब पढ़ने में
पृष्ठ गले-पीले और जिल्द पुरानी
पढ़ना चाहती हूँ कभी फुरसत में

अच्छे-बुरे किस्से भी रखे
बक्से के एक हिस्से में
आँखें बंद करते ही जैसे
चलचित्र चल जाए पल भर में

कभी याद आती बचपन की
कभी सखी-सहेली दिखे कॉलेज में
याद जुड़ी सगाई के बाद की
जब मिलती थी इनसे अकेले में

कर दिया विदा फिर एक दिन मुझको
घर तब्दील हुआ मायके में
ससुराल का वह पहला दिन
सिरहन आज भी कहीं सीने में

बेटी से मैं बहू बनी
बरस लगे बीवी बनने में
माँ बनने की अनोखी अनुभूति
नहीं बयाँ हो सकती शब्दों में

मेरी अकेले का नहीं यह पिटारा
महफूज मिलेगा हर किसी के जहन में
मैंने भावों को आकार दे दिया
जो दबे पड़े व्यस्त गृहस्थी में।

□

कल्पवृक्ष

अकसर खयालों में मैं जब होती
एक सोच मन में जागती
होता गर एक कल्पवृक्ष तो
मैं क्या-क्या उससे माँगती

है जो मेरी पहली इच्छा
क्या मैं उससे कह पाती
थी पापाजी की लाड़ली बिटिया
क्या फिर से बाँहों में उनकी झूल पाती

दूसरी इच्छा भी नामुमकिन
काश वह भी पूरी हो पाती
बीते जो पल मेरे भाई के संग
क्या उनमें वापस लौट पाती

तीसरी इच्छा मेरे बचपन के दिन
उनको मैं फिर से जीना चाहती
वो स्कूल पुराना, वो घर की गलियाँ
उनमें मैं फिर से जाना चाहती

अगली इच्छा थोड़ी नटखट-सी
कैसे पूरी वह हो पाती
बॉयफ्रेंड नहीं बनाया कभी कॉलेज में
छुपकर बाइक पर उस संग घूमने जाती

फिर पाला आई.ए.एस. का सपना
उसको अब नामुमकिन हूँ पाती
एक चांस जो मिल जाए फिर से
तो एग्जाम दुबारा देना चाहती

एक इच्छा जो रह गई अधूरी
एक बेटी को जन्म मैं देना चाहती
जो सपने मैंने देखे, उनको
उसकी आँखों में देख पाती

कल्पवृक्ष भी क्या कर सकता
तमन्नाएँ बस मन में रह जाती
समय के संग वह बँधा हुआ
और मैं समय में लौटना चाहती।

□

नशा

हमें नशा है सबको याद करने का
और यह नशा हम रोज करते हैं
लोग तो छुप-छुपकर पीते हैं
और हम सरेआम करते हैं

किसी को याद आए न आए हमारी
इस बात की कहाँ परवाह करते हैं
सकूँ पहुँचाता है यह दिल को हमारे
बंद आँखों से सबका दीदार करते हैं

बर्फ जो मजा देती जाम में
दोस्तों के कहकहे वो काम करते हैं
और अपने जो कर लें फोन तो
मदहोशी की सीमा फिर पार करते हैं

दो घूँट लेते हैं हम रोज
और फिर बातें बेबाक करते हैं
इस कदर सुरूर चढ़ता है फिर
खुद को खुद से दूर करते हैं

फोटो–गैलरी में कैद लम्हे निहारकर
हम चीयर्स खुद से ही कहते हैं
फिर रात के आगोश में जाकर
सपनों का एहतराम करते हैं

न रुपए, न पैसे, कोई दाम नहीं इनका
फिर भी इस बोतल को तिजोरी में रखते हैं
यह नशा ही हमारी जीने की वजह
इसलिए हम सरेआम करते हैं।

□

चित्रकारी

चित्रकारी था पहला प्यार हमारा
पर माँ बनी सबब रुकावट का
कहती थी पढ़ाई जरूरी
यह शौक तो है फुरसत का

अब मौका फिर से मिला
'प्यार' से हमें मिलने का
माँ को भी नहीं कोई ऐतराज अब
रंगों की दुनिया में जाने का

ब्रश-पेंट का तिलिस्म अलग है
मन जैसे घोड़ा बिन लगाम का
पूरा दिन बीत जाता साथ इनके
पता ही नहीं चलता सुबह-शाम का

मिथिला आर्ट से करी शुरुआत
फिर वरली, कलमकारी पर जाने का
बाटिक, स्क्रीन, कैनवास सब याद आ रहे
शायद वक्त मिले उन्हें भी करने का

चित्रकारी नहीं, नशा है यारो
मजा आ रहा सरेआम करने का
यों तो बड़े कलाकार नहीं हम
पर इशारा खुदा का सीख जाने का।

□

सूना शहर

घूमी यों शहर में तनहा
एक सूनापन-सा था चारों ओर
न जाने किसे तलाश रही थी नजरें
न जाने क्यों मन पड़ रहा था कमजोर

कभी रहती थी जो गलियाँ गुलजार
वो मातम का-सा सुना रही थी शोर
वो कहकहे हँसी के कहीं गुम से गए थे
न लगी वो पहली सी सुंदर भोर

सबकुछ था जीवंत मेरे जहन में
चलचित्र-सा चला मेरे मन का कोर
पर नहीं थी वो मेरी चादर सपनों की
जिसका पकड़ा हुआ था आज तक छोर

कोई कमी नहीं थी उस वक्त में
फकीरी का अपना अलग था दौर
उमंग-उत्साह से भरा जीवन था
खुशियाँ खड़ी मिलती थीं हर मोड़

पर आज क्या बदल गया है
क्यों ये घमासान दिल में घनघोर
क्यों नहीं दिख रही मुझको वो निगाहें
क्यों नहीं रही वो कशिश की डोर

वापस चल ऐ दिल नादान मेरे
अब नहीं करता कोई किसी पर गौर
न पहले जैसा चाँद यहाँ रहा
न पहले जैसा रहा चकोर।

□

यह बात तब की है, जब मेरे पति का तबादला फरीदाबाद से रोहतक हो गया था। इसीलिए मुझे भी वहाँ जाने का मौका मिला। इस शहर से मेरा नाता कोई नया नहीं जुड़ा है। ये वह शहर है जहाँ मेरे जीवन को एक नई राह मिली थी। मुझे मेरी सारी डिग्रियाँ L.L.B., L.L.M., Ph.D. की यहीं से प्राप्त हुई थीं। आज जो कुछ मिला हुआ है वो इसी शहर की बदौलत। मन में बरसों से एक इच्छा थी कि मैं फिर से अपनी यूनिवर्सिटी, अपना हॉस्टल घूमूँ। एक छुट्टी वाले दिन शनिवार को मेरी वह इच्छा पूरी हुई। मैंने अकेले ही पूरी यूनिवर्सिटी का भ्रमण किया, लेकिन जैसा सोचा था वैसा कुछ नहीं पाया। एक नया ही रूप 25 साल के बाद दिखा। हर तरफ नई इमारत, नए छात्रावास, नई सड़कें, नए पार्क थे, नहीं था तो वह अपनापन, जो मैं वर्षों से अपने मन में लिए घूम रही थी। अपने उसी अहसास को कुछ शब्दों के द्वारा एक कविता में उभारने की कोशिश की है, जो कि कुछ इस तरह है।

खुद से पहचान

खुद से पहचान कर रही हूँ
मैं थोड़ा-थोड़ा बदल रही हूँ
कभी जाना ही नहीं खुद को मैंने
अब लेकिन मन उदल रही हूँ

बहुत चली सबके मुताबिक
अब अपनी चाल चल रही हूँ
नहीं असर होता किसी भी बात का
मैं धीरे-धीरे ढल रही हूँ

क्या करने आई थी मैं
क्या मैं खामखा कर रही हूँ
बेपरवाह नदी की भाँति
अब सिर्फ बह और बह रही हूँ

समय लगा ये समझने में
लेकिन अब ये समझ रही हूँ
ज्यादा समझ में कुछ नहीं रखा
नासमझी में ही सुलझ रही हूँ

खुद के अंदर एक अद्भुत दुनिया
उस दुनिया में मैं रम रही हूँ
थोड़ी-थोड़ी पिघली भीतर से
थोड़ी-थोड़ी बाहर जम रही हूँ।

□

अनुभूति

लिख-लिखकर मैं रख रही हूँ
शब्दों की चादर-सी बुन रही हूँ
आकार ले रही हैं भावनाएँ मेरी
और मैं मन से मन की सुन रही हूँ

लफ्जों की महफिल सजी है
नज्म कोई नई गूँथ रही हूँ
खयालों के अजीब सफर में
खुद-ही-खुद में घूम रही हूँ

बिसमिल दिल सुनाए दास्तान
मैं स्वर, व्यंजन को रुँध रही हूँ
गीत, गजल की कशमकश में
कोई लय अलग ही ढूँढ़ रही हूँ

हर्फ के परिंदे पंख फैलाए
मैं पद से छंद तक झूम रही हूँ
अभिव्यक्ति की इस अनुभूति में
अपने आप को ही भूल रही हूँ

आरजू की मुसाफिर हूँ
हसरतों का सफर ढूँढ़ रही हूँ
कुछ ख्वाबों को नयन में बसाकर
रात का आलम देख रही हूँ

मजा आ रहा लिखने में बहुत
लेखनी की मस्ती लूट रही हूँ
कलम हो गई अब दोस्त जैसे
और मैं स्याही संग घुल रही हूँ।

□

सुंदरता

क्या मैं सच में सुंदर हूँ
यह सवाल अकसर मेरे मन में उठता
जब कोई कहता कि तुम खूबसूरत हो
मैं सोचती, क्या इनको मुझमें है दिखता

बचपन में पापा कहते थे
मेरी बिटिया का चेहरा, जैसे फूल हो खिलता
माँजी भी कई बार कहतीं
लाखों में कोई एक तेरे जैसा होता

स्कूल में कई सखी-सहेली मुझसे पूछती
कौन तुम्हारा इतना ध्यान है रखता
हमेशा साफ-सुंदर तुम दिखती
कौन तुम्हारी इतनी मालिश है करता

गई कॉलेज में तो प्रपोजल्स आते
हर कोई जैसे मुझे ही चाहता
हर नजर में एक कशिश झलकती
हर कोई अपनी किस्मत आजमाता

फिर हुई शादी मिलन पति से
उनको भी लगा कि रूप मेरा भाता
ससुरालवालों ने भी खूब करी तारीफ
पर न जाने क्यों मेरा मन नहीं भर पाता

कुछ और ही ढूँढ़ रही हैं शायद नजरें मेरी
उनको नहीं मेरा चेहरा बहलाता
सबको दिखती मेरे तन की सुंदरता
मेरे मन का दर्पण सिर्फ मुझे ही दिख पाता।

□□□

* 9 7 8 9 3 5 5 6 2 0 5 4 5 *

FCW - #0205 - 061026 - C0 - 216/140/7 - PB - 9789355620545 - Matt Lamination